Título original: *Leonardo da Vinci. Genio senza tempo*

1.ª edición: junio de 2025

Valentín Beato, 21. 28027 Madrid
www.anayainfantilyjuvenil.com

ISBN: 978-84-143-4382-1
Depósito legal: M-8307-2025
Impreso en España – *Printed in Spain*

PAPEL DE FIBRA CERTIFICADA

Davide Morosinotto

Leonardo da Vinci

Un genio inmortal

Ilustraciones de Stefano Turconi

Traducción de Carlos Gumpert

ANAYA

Capítulo 1

Da Vinci

«*Una vida bien empleada,* larga es». Y yo tenía clara una cosa: no la iba a emplear bien siendo notario como quería mi padre.

En Florencia todo el mundo lo conocía. Ser Piero da Vinci era un hombre importante y amigo personal de los Médici, los señores de la ciudad.

De mi madre, sin embargo, solo sé su nombre: dama Caterina. Era una muchacha del pueblo de la que se había enamorado ser Piero, pero como él estaba a punto de casarse con otra mujer, yo era, como se decía en esos tiempos, un hijo ilegítimo. Eso significaba que no tenía derecho a la herencia ni a realizar un trabajo importante, pero en ese momento ser Piero no tenía otros hijos, así que me había llevado a vivir con él y había decidido que algún día continuaría yo con el negocio familiar.

—Serás notario —decía—. Como yo, como tu abuelo y tu bisabuelo, y toda tu familia.

Ser Piero había contratado en nuestra casa de campo a un maestro tan nudoso como un tronco de olivo, y le había ordenado que me enseñara latín y el uso del ábaco, que es un instrumento hecho de varillas por las que se deslizan bolas de madera.

El ábaco se utiliza para hacer cálculos, y mi maestro miraba aquel sencillo aparato con una mezcla de asombro y respeto, como si contuviera algún tipo de magia.

—Maestro —le preguntaba yo—, ¿con el ábaco se puede resolver cualquier problema matemático?

—Sí —contestaba él todo orgulloso.

Entonces yo le hacía un montón de preguntas difíciles y el pobre se hacía en seguida un lío. Sacudía la cabeza, empezaba a sudar y se esforzaba durante horas buscando una respuesta, perdiéndose en mil cálculos inútiles, y mientras tanto yo aprovechaba para marcharme y aventurarme por la campiña.

En aquella época vivía en Vinci, un lugar encantador entre colinas y viñedos, arboledas acogedoras y arroyuelos que fluían entre los árboles. En lo alto, el majestuoso vuelo de los milanos surcaba el cielo, y en los campos se veían liebres y jabalíes. Normalmente iba solo, pero a veces también venía conmigo el tío Francesco, el hermano de ser Piero. Según mi padre era un holgazán que nunca lograría nada en la vida, pero yo lo quería mucho. Tampoco el tío Francesco había querido ser notario; en cambio, sabía llamar a todas las plantas por su nombre y me enseñaba a reconocer insectos y cazar lagartijas.

—¡Estas cosas son mucho más importantes que las que lees en los libros de tu maestro! —decía en voz baja.

—Y no necesitas un ábaco para entenderlo —me reía yo.

Cada vez que salía con mi tío, llevaba conmigo una libreta y un carboncillo, para dibujar todo lo que veía y que no se me olvidara nada.

Y resulta que un día ser Piero entró en mi habitación cuando yo no estaba, encontró el montoncito de dibujos y se rascó la barbilla con expresión pensativa. Cuando llegué a casa me lo encontré en la cocina y mis papeles estaban esparcidos sobre la mesa del comedor.

—Oye, chico, ¿has hecho tú estos garabatos? —preguntó.

—Sí, señor padre —contesté un poco preocupado.

—El maestro dice que no repasas las lecciones y que no te apetece aprender latín. Sé sincero: no tienes intención de ser notario, ¿verdad? —suspiró ser Piero.

—No, señor padre —contesté, para decir que en efecto no tenía ninguna intención de hacerlo.

—Tal como me lo imaginaba —exclamó ser Piero, recogiendo mis dibujos y metiéndoselos bajo el brazo.

Pensé que quería tirarlos, en cambio, sin decirme nada, fue a Florencia y llamó a la puerta de un querido amigo suyo, Andrea del Verrocchio.

En esos años Verrocchio era quizá el artista más importante de Florencia. Era un pintor, escultor y arquitecto muy hábil, tenía un gran taller repleto de aprendices y todos en la ciudad acudían a él y admiraban sus obras.

Ser Piero se apartó con su amigo y le dijo:

—Andrea, tengo un hijo que me da muchos dolores de cabeza. Es inteligente y curioso, demasiado, diría yo, pero se pierde en mil fantasías y nunca termina lo que empieza. Estudia a los animales durante algún tiempo, después se interesa por las plantas y luego las piedras se convierten en su única pasión. Ha llenado el dormitorio de insectos y está volviendo loco a su maestro. Ahora he encontrado estos dibujos...

Verrocchio tomó el fajo de papeles y lo estudió atentamente.

—Vengo a pediros vuestra opinión —exclamó ser Piero—. Si creéis que este chico tiene madera de artista, le dejaré seguir su inclinación. De lo contrario, será notario que es lo que yo quiero, aunque tenga que obligarlo a la fuerza.

Verrocchio miró a ser Piero a los ojos y le preguntó:

—¿Cómo se llama este hijo vuestro?

—Leonardo —contestó ser Piero.

—Traédmelo. Os prometo que algún día Leonardo da Vinci será un hombre famoso.

Así me convertí en aprendiz de Verrocchio y fui a vivir a su taller. Era el lugar más fantástico que había visto nunca. Por todas partes había maquetas y maquinaria, caballetes y pinturas. En un rincón se amontonaban martillos y herramientas, en el otro estaban los cuadros y las prensas donde los alfareros daban forma al barro. Había herramientas para los orfebres, tan pequeñas y delicadas que tenía miedo de romperlas solo con mirarlas, y estaban las herramientas con las que los lutieres hacían instrumentos musicales. ¡Y cuántos libros! Pero no eran viejos y aburridos como los de mi maestro en Vinci: eran más bien libros que explicaban la naturaleza y la arquitectura.

En el taller vivían otros muchos chicos como yo y siempre había algo nuevo que aprender. Verrocchio pintaba cuadros, modelaba estatuas, diseñaba palacios. Había artesanos

que trabajaban el barro, además de músicos, y todos los días había que correr de un sitio a otro, darle una mano de pintura a una cosa y limpiar otra, escuchar lecciones, construir una polea, estudiar la perspectiva, dibujar un andamio.

Al principio los demás chicos del taller se burlaban de mí.

—Ahí está el zurdo —decían, porque yo lo hacía todo con la mano izquierda—. ¿No sabes que esa es la mano del diablo? Quizá tú también seas un poco diablillo.

Al principio me sentaba mal, luego se me ocurrió una idea y empecé a escribir al revés, de modo que para leer mis notas tenía que reflejarlas en un espejo. Cuando los demás descubrieron mi código secreto se sorprendieron mucho y me gané cierta fama de misterioso… Lo cierto era que me resultaba fácil escribir de esa manera y además era muy cómodo, ¡porque no corría el riesgo de pasar la mano por la tinta fresca, ensuciando todas las páginas!

Los años que pasé en el taller de Verrocchio fueron muy felices y el maestro me lo retribuía brindándome su confianza y encomendándome tareas cada vez más delicadas. Hasta que un día se me acercó y me dijo:

—Leonardo, ¿te ves capaz de terminar uno de mis cuadros?

En ese momento Verrocchio estaba trabajando en un encargo importante: los frailes de Vallombrosa le habían pedido que pintara un *Bautismo,* y la obra estaba saliendo a las mil maravillas.

—En el cuadro se representarán dos ángeles, yo ya he hecho el primero pero no tengo tiempo para pensar en el segundo. ¿Quieres encargarte tú?

Era un gran honor y acepté con mucho gusto. Me puse a trabajar con empeño y junto al ángel de mi maestro dibujé otro, de perfil, con expresión pensativa y una gran cascada de rizos dorados que parecían reales.

Estaba dando los últimos retoques cuando mi amigo Lorenzo di Credi exclamó:

—¡Leonardo! ¿Sabes que tu ángel es mucho más bonito que el que ha pintado Verrocchio?

—Qué tontería —contesté, aunque evidentemente me alegré del cumplido.

—No, no, en serio —repitió Lorenzo—. ¡Gente, venid a ver qué ángel ha hecho Leonardo!

El asunto llegó a oídos de Verrocchio, quien, como es de imaginar, no quedó muy contento con ello.

Vino a verme y me pidió ver el cuadro, y cuando se lo enseñé se quedó mirándolo durante un largo rato. Luego, lleno de ira, rompió el pincel que llevaba en la mano.

—Es verdad, ese tonto tenía razón. Este ángel es más hermoso que el mío. Leonardo me ha superado, y de ahora en adelante, nunca volveré a pintar.

Capítulo 2

Un joven artista

«Pobre del discípulo que no supera a su maestro». Este viejo proverbio guarda una gran verdad, y Verrocchio lo sabía muy bien.

Durante unos días deambuló por el taller con expresión sombría y nadie se atrevía a decirle nada, pero al cabo de un tiempo se calmó, volvió a trabajar y pintó muchos más cuadros.

El caso es que yo tenía que admitir que ese ángel me había salido realmente bien. Para entonces yo ya no era un crío y tenía la edad adecuada para dejar el taller y empezar a trabajar por mi cuenta. Comuniqué esa decisión a mi padre, y fue él quien me encomendó uno de mis primeros encargos.

Un campesino de Vinci había cortado una higuera y con el tronco hizo un redondel de madera para colgarlo en la puerta de su casa. Pero primero quiso embellecerlo con un dibujo.

Así que ser Piero se acercó a mí y me preguntó si quería encargarme de esa humilde tarea.

—¿Y qué queréis que pinte? —pregunté tomando el redondel.

—Bah, lo que tú quieras, Leonardo —me dijo él—, a mí me da igual y al campesino también.

Entonces pensé que esta era la oportunidad perfecta para gastarle una broma estupenda a mi padre.

Durante días deambulé por los campos de los alrededores de Florencia y reuní una gran variedad de mariposas, lagartos y todo tipo de pequeñas criaturas. Luego me lo llevé todo a mi taller y me puse a trabajar.

Me llevó bastante tiempo, entre otras cosas porque cada excursión al aire libre era una oportunidad para descubrir nuevos secretos de la naturaleza (aunque muchos dirían que estaba perdiendo el tiempo y que tenía la cabeza en las nubes). El caso es que cuando estuvo todo listo llamé a mi padre para que viniera a buscar la obra.

Cuando llegó ser Piero, le abrí la puerta con expresión seria y le hice gestos para que entrara. El taller estaba a oscuras porque había cerrado las ventanas, y había un alboroto tremendo por todos los animales encerrados en las jaulas.

—Pero qué... —dijo ser Piero, tanteando en la oscuridad. Luego se dio la vuelta y vio un terrible monstruo cubierto de escamas, con una boca que lanzaba fuego y llamas.

—¡Socorro! —gritó—. ¿Qué es ese monstruo?

Me eché a reír y dije:

—¿Pero cómo, padre, no reconocéis vuestro redondel de madera?

Efectivamente, el monstruo que a mi padre tan real le había parecido en realidad solo estaba pintado: lo había dibujado yo en el trozo de madera de aquel campesino. ¡Pero había hecho un trabajo tan minucioso que, en la penumbra de mi taller, era realmente imposible notar al principio el engaño!

Incluso ser Piero, admirando la rueda a la luz del sol, admitió que se trataba de un cuadro increíble. Entonces me dijo:

—¿Cuánto quieres que te pague?

—Tomad el redondel y dádselo a ese campesino —dije—. Yo solo quería ver vuestra reacción, porque ese es el propósito de todas las obras de arte.

Admito que nunca he tenido un gran sentido para los negocios, del que ciertamente no carecía ser Piero. Mi padre fue al mercado y compró otro redondel, en el que estaba pintado un simple corazón, para entregárselo al campesino.

A continuación, se apresuró a enseñar mi cuadro a unos mercaderes de Milán, ¡y estos le ofrecieron nada menos que trescientos ducados!

Mientras ser Piero hacía negocios a mis espaldas, las finanzas empezaban a convertirse en un gran problema para mí. Me gustaba la ropa bonita, las fiestas y la vida lujosa, y siempre se me ocurrían muchas ideas sobre cómo gastar mi dinero... pero ninguna sobre cómo ganarlo.

—Leonardo —me decían todos—, ¡tu problema es que pierdes el tiempo en lugar de trabajar! ¡Sienta la cabeza y pinta un bonito cuadro! Al fin y al cabo, eres pintor, ¿no?

Tal vez tuvieran razón, pero había cosas más interesantes por ahí que los cuadros. Me encantaba pasear por Florencia y tomar nota de todo lo que veía, disfrutaba dibujando las caras de los transeúntes o transcribiendo las historias que oía por la calle. Hablaba con los albañiles para saber cómo construían las casas y con los tejedores para conocer los secretos de las telas. Y tomaba nota de todo, porque nunca se sabe lo que puede serte útil en la vida.

Verrocchio solía decir que un verdadero artista debe saber anatomía: por eso me metía en los hospitales y pedía permiso a los médicos para estudiar los cadáveres, armado con mi cuaderno.

Era un trabajo que daba escalofríos, pero era también la única manera de descubrir cómo funciona el cuerpo humano. Y cuando estar entre los muertos se volvía demasiado triste, me vestía con mis ropas más elegantes y me iba a la corte de Lorenzo de Médici, el señor de Florencia. Lorenzo daba fiestas tan suntuosas que en la ciudad lo llamaban «el Magnífico», y yo empecé a organizar para él espectáculos y entretenimientos con los que sorprender a sus invitados.

Fue mientras trabajaba en una fiesta para el Magnífico cuando conocí a un extraño individuo que se hacía llamar Zoroastro.

—¡En Florencia todo el mundo dice que eres el hijo de un noble y que eres un mago! —exclamé.

—Pues mira, me llamo Tommaso Masini y soy hijo de un verdulero —contestó con una sonrisilla—. Y más que mago, soy inventor y artesano.

¡Eso sí, qué artesano era! Zoroastro sabía construir toda clase de dispositivos mecánicos, pues trabajaba los metales, la madera o la piedra con facilidad.

Como era de esperar, nos hicimos grandes amigos en seguida: discutíamos durante horas y aceptó ponerse a mi servicio para ayudarme a realizar todos mis proyectos. Sin embargo, el problema seguía siendo cómo ganarnos la vida, así que, después de algunas dudas, acepté un encargo de los monjes de San Donato. Yo les pintaría una *Adoración de los Magos* y, a cambio, los frailes me proporcionarían dinero, comida y alojamiento.

Debo decir que al principio me apasionó el proyecto de la *Adoración*: tenía en la cabeza un cuadro grandioso, con cincuenta y siete figuras en movimiento que se retorcían y se superponían, dibujando un inmenso triángulo que tenía a María y su hijo en el centro.

Fue una idea fascinante y durante meses llené mis cuadernos de cálculos, estudios y dibujos preparatorios. Sin embargo, a la hora de empezar a pintar en serio, me dejé vencer por el desánimo. Cincuenta y siete figuras eran demasiadas, y de cada una había que plasmar todos los detalles, los pliegues del vestido y las arrugas del rostro, los cabellos uno a uno. Solo con pensar en todo ese trabajo me desmoralizaba. No era para mí. Así que para mis adentros decidí renunciar, pero no les dije nada a los frailes... Y fingiendo que seguía trabajando en un cuadro que ya había abandonado, seguí siendo su huésped. Durante muchos meses.

Capítulo 3

Leonardo en Milán

«Concebir una idea es noble, pero realizarla es cosa de sirvientes». Todavía me pregunto por qué la gente no entiende un concepto tan sencillo. No hay nada más bonito que imaginar, calcular, estudiar y proyectar. Pero una vez listos los bocetos y todo decidido, ¿qué gracia tiene coger el pincel y repetirlo todo desde el principio para realizar la obra? No, gracias. Prefería dedicarme a proyectos más interesantes.

Desgraciadamente, los frailes que me hospedaban tenían una opinión completamente diferente.

—Oye, Leonardo —me decían—, los bocetos que nos has enseñado son realmente preciosos, pero necesitamos la pintura acabada. ¡No podemos colgar tu cuaderno de bocetos en el altar!

A medida que pasaba el tiempo, se volvieron cada vez más inquietos. Y cuando comprendí que estaban a punto de enfadarse en serio, decidí que era hora de dejar Florencia y probar suerte en otra parte.

Fue precisamente entonces cuando Lorenzo de Médici me llamó. El señor de Milán, Ludovico el Moro, quería realizar un grandioso monumento ecuestre dedicado a su padre, Francesco Sforza. Como Florencia contaba con los ma-

yores escultores de Italia, el Moro le había pedido al Magnífico que le recomendara a su mejor artista... Y él había mencionado mi nombre.

—Es una gran oportunidad —me explicó—. Ludovico Sforza es muy poderoso, además en la corte de Milán hay una gran pasión por la música y tú tocas espléndidamente. Estoy seguro de que triunfarás.

Le hice una profunda reverencia.

—Pero, por favor —exclamó el Magnífico al despedirse de mí— ¡esta vez intenta completar el trabajo!

Prometí que lo intentaría por lo menos y un tiempo después dejé Florencia junto con mi amigo Zoroastro y una pequeña corte de sirvientes. Fue entonces cuando se me ocurrió gastar otra de mis bromas. En efecto, mi amigo Benedetto Dei, escritor y hombre de letras, vivía en Milán y me había pedido que le escribiera para informarle sobre el progreso del viaje.

Como el camino hacia Milán era largo y requería muchos días de caminata, pensé en tomármelo con calma y visitar tranquilamente los pueblos del recorrido. Y en cada parada empecé a mandarle a Benedetto extrañas cartas inventadas, en las que le decía que había decidido marcharme a Babilonia, para ir a conocer al sultán de aquellos lugares. Para hacerlo todo más creíble, adjunté a mis cartas algunos dibujos de las colinas de Armenia y otros lugares fantásticos... ¡donde sin embargo nunca había estado!

Cuando me presenté por fin en casa de Benedetto, casi se muere del susto, porque creía que estaba en el otro lado del mundo en ese momento. Y quién sabe si algún día, cuando los estudiosos encuentren mis papeles, no se preguntarán ellos también si Leonardo estuvo en Babilonia. Sería muy divertido.

Mientras tanto, en Milán entendí que tenía que presentarme ante Ludovico Sforza y causarle una buena impresión. El Moro era un hombre violento, implacable con sus enemigos, y mucha gente me había advertido que era mejor no contrariarlo.

Entonces decidí escribirle una larga carta. Empecé señalándole la suerte que tenía de tenerme en su corte y le expliqué que podía serle útil de muchas maneras diferentes. Yo era capaz de diseñarle puentes portátiles para permitir a sus tropas cruzar ríos, escapar o atacar a los enemigos; de construirle bombardas, catapultas, pasadizos secretos; de desviar ríos, levantar terraplenes, edificar casas y palacios; de excavar sistemas de alcantarillado y drenaje; de inventar tanques que

pondrían patas arriba los campos de batalla; de dar nueva forma a los canales de Milán; y además sabía pintar mejor que nadie y sabía esculpir el mármol, modelar la arcilla y fundir el bronce, y para demostrárselo realizaría el fabuloso monumento ecuestre del que me había hablado el Magnífico.

Admito que había exagerado un poco en mi carta, pero quería llamar la atención del Moro.

Y de hecho lo logré.

Un día me invitó a palacio, me estuvo mirando un buen rato y exclamó:

—¿Así que eres capaz de hacer todas esas cosas?

—Sí, mi señor —contesté—, y muchas más.

Inmediatamente le enseñé algunos bocetos para una grandiosa estatua a caballo. Ludovico quedó impresionado y dijo que mi proyecto era estupendo, pero también muy muy caro, y por eso quería pensárselo un poco.

Mientras tanto tenía otra tarea que confiarme: hacía algún tiempo que el Moro se había enamorado de una linda muchacha, dama Cecilia Gallerani, y quería que yo pintara su retrato.

Acepté, y como el Moro acababa de ser nombrado caballero de la Orden del Armiño, representé a la hermosa Cecilia con ese cándido animalito en su regazo. Cuando terminé la obra todos se quedaron boquiabiertos, diciendo que nunca habían visto algo tan hermoso. El cuadro de *La dama del armiño* era tan popular que hombres y mujeres nobles venían desde muy lejos para admirarlo, y mujeres nobles de toda Italia me invitaron a retratarlas también.

Sin embargo, rechacé todas las propuestas para alejarme de Milán. La corte del Moro, en efecto, tenía mucho que ofrecer a alguien como yo, que divertía a los nobles inventando rompecabezas y acertijos, tocaba música y pintaba, diseñaba disfraces y escenografías para las fiestas. Con la ayuda de Zoroastro también creé ciertas máquinas teatrales que dejaban sin aliento a la gente, incluido un león mecánico capaz de caminar por sí solo.

Mi amistad con el Moro me permitió continuar mis estudios sobre anatomía humana, pues podía visitar libremente hospitales y depósitos de cadáveres, y contaba con completar algún día un atlas del cuerpo humano que pudiera ser estudiado por todos los médicos y cirujanos. Además, era necesario rediseñar los canales de Milán y yo tenía ciertas ideas en la cabeza que no dejaba de proponer a Ludovico con la esperanza de que me ofreciera algún trabajo como ingeniero.

En fin, que me daba a la buena vida, y podía dedicarme por fin a todos los proyectos que me rondaban por la cabeza.

Capítulo 4

La última cena

«Si estás solo, te pertenecerás por entero; si tienes un amigo, te pertenecerás a medias». Desde pequeño había sido un niño solitario, acostumbrado a estar por mi cuenta. En Milán, sin embargo, estaba siempre en medio de la gente y, por si fuera poco, muchos venían a pedirme favores de todo tipo. Un día, por ejemplo, se me presentó un tal Pietro, acompañado de su pequeño hijo Giacomo.

Pietro quería que tomara al niño a mi servicio, y mientras hablábamos ese sinvergüenza se me acercó a escondidas y trató de robarme la bolsa de monedas que llevaba colgada de mi cinturón.

Le agarré de la mano para evitar que huyera, pero en lugar de echarse a llorar, respondió con una sonrisa desafiante tan descarada que me dejó sin palabras.

—Perdonadlo, meser Leonardo —dijo su padre—. Giacomo es un completo ladronzuelo, un mentiroso, un testa-

rudo y un glotón. Y ahora sé que ni os plantearéis que se quede con vos.

Sonreí.

—Qué va, dejádmelo. Estoy seguro de que podré domesticarlo.

En realidad, no sé por qué razón acepté a ese bribón como aprendiz… Pero para entonces yo estaba empezando a tener cierta edad, no estaba casado, y Giacomo podría ser el hijo que nunca había tenido.

Intenté enseñarle a pintar y transmitirle mis conocimientos, pero él seguía robando y engañando a todo el mundo, tanto que le puse el sobrenombre de Salaí, que significa «diablillo».

Mientras tanto, mi fama en Milán había crecido, seguía trabajando en el monumento ecuestre de Ludovico el Moro y pasaba días enteros observando los caballos de guerra, para estudiar sus movimientos y expresiones.

Después de terminar los dibujos preparatorios de la estatua, construí un modelo de arcilla a tamaño natural. El caballo medía más de siete metros de altura y, según decía todo el mundo, era verdaderamente temible y majestuoso.

Ahora había que proceder a la fundición del bronce, pero para una estatua tan enorme se necesitaban cien toneladas de metal por lo menos... Y en el último momento, el Moro se echó atrás.

—Con todo ese bronce pueden construirse muchos cañones —decretó—. El caballo ya ha esperado mucho tiempo, puede esperar un poco más.

Fue entonces cuando los frailes de Santa Maria delle Grazie me pidieron que pintara un fresco en el refectorio de su convento. El tema que proponían era la última cena, y habitualmente en esa clase de cuadros se representaba el momento solemne en el que Jesús parte el pan y lo reparte entre los apóstoles. Después de haberlo pensado mucho tiempo, decidí intentar en cambio un camino completamente nuevo: en mi cuadro mostraría el momento en el que Jesús advierte a sus amigos que hay un traidor entre ellos, y ante esas palabras todos se ponen de pie, algunos susurran, otros palidecen de terror o de vergüenza. Estaba seguro de que el resultado sería sensacional.

Pero tenía un problema que resolver: los frailes querían un fresco, es decir, una pintura hecha directamente sobre la pared.

—¿Y por qué es un problema eso? —me preguntó el ingenuo de Salaí.

—Verás —contesté—, el fresco se llama así porque la pared se pinta cuando el yeso aún está húmedo. Para que salga bien hay que pintar a tiro hecho, y ser muy rápido.

—¿Y vos no sois rápido? —volvió a preguntar mi aprendiz con una mirada maliciosa.

No, no lo era. En realidad, siempre había sido bastante lento y además necesitaba tiempo para cuidar cada detalle del trabajo.

Así que decidí probar una nueva receta para mis colores, mezclando aceites especiales y… una yema de huevo con la pintura.

Por desgracia, no todo salió según lo planeado. Al cabo de un tiempo me di cuenta de que la mezcla no daba el resultado deseado y aparecían pequeñas grietas en la pintura. Eran detalles tan pequeños que nadie podía notarlos, pero yo sabía que a mi creación solo le quedaban pocos años de vida. Pronto se desprendería y desaparecería como arena barrida por el mar.

Como os podéis imaginar, este descubrimiento me quitó todo el entusiasmo y pensé que era mejor no terminar la obra. Desafortunadamente para mí, el prior del convento era un hombrecillo de lo más molesto. Cada vez que ponía un pie en el refectorio suspiraba aliviado, y cada vez que me iba (a veces nada más llegar) se ponía a murmurar molesto.

—Los frailes zapan el huerto desde por la mañana hasta por la noche —decía—. ¡Leonardo, en cambio, solo toma los pinceles unos pocos minutos a la semana! ¡Y hasta que termine la pintura, nosotros no podemos entrar al refectorio y tenemos que comer de pie en la cocina!

Al final aquel intrigante fue a quejarse directamente a Ludovico el Moro, quien me mandó llamar.

—¿Se puede saber por qué te lleva tanto tiempo pintar esa *última cena*? —me preguntó.

—No es tan fácil —contesté—. Todavía tengo que representar el rostro de Judas, pero ¿qué cara puedo darle al

traidor de traidores? Llevo semanas deambulando por Milán buscando inspiración, pero sin éxito. —Luego, con una sonrisa, añadí—: ¡Aunque si el prior tiene tanta prisa, podría tomar su cara como modelo!

El Moro se echó a reír y le dijo al prior que si seguía molestándome todos verían su retrato en lugar del rostro de Judas. Y el prior, asustado, me dejó solo.

Sin embargo, tuve que decidirme a terminar el cuadro, entre otras cosas porque tarde o temprano las grietas empezarían a verse a simple vista. Así que completé el rostro de Judas, y cuando la gente contempló el resultado todos dijeron que nunca habían visto obra tan asombrosa.

—*La última cena* es una obra maestra que no tiene igual en el mundo —exclamaban.

Incluso el antipático del prior miró el cuadro con total satisfacción.

—¡Esta es una pintura que será admirada durante los siglos venideros!

Pero yo negaba con la cabeza, porque sabía que en poco tiempo esa pared no sería más que un revoltijo de grietas y manchas.

Mientras tanto, mis días en Milán casi habían llegado a su fin. El rey de Francia le había echado el ojo a la ciudad y no tardó en declarar la guerra al Moro y cruzar los Alpes al frente de su ejército.

Ofrecí mis servicios a Ludovico y le mostré los planos de nuevas máquinas de guerra,

pero rechazó cualquier ayuda. Entonces comprendí que lo mejor era ponerme a salvo junto con Salaí, Zoroastro y los demás amigos.

Hice las maletas a toda prisa y abandoné la ciudad, y poco después los franceses conquistaron el castillo de Moro.

¿Sabéis qué pasó entonces? Los soldados encontraron en el jardín el modelo de arcilla de mi espléndido monumento ecuestre y disfrutaron usándolo como blanco para sus flechas. Hasta hacerlo mil pedazos.

Capítulo 5

Venecia subacuática

«La sabiduría es hija de la experiencia». Después de muchos años lejos de Florencia me sentía una persona diferente a cuando me fui. A esas alturas, era un hombre maduro y podría decirse que famoso. Pero ¿cómo me habrían acogido mis conciudadanos de otros tiempos? No tenía ni idea, así que, en lugar de dirigirme directamente hacia Florencia, pensé en alargar un poco la ruta.

Primero fui a Mantua a visitar a Isabel de Este, una noble un poco pesada que me daba la lata desde hacía mucho para que le hiciera un retrato. No tenía intención de hacérselo, pero aproveché por un tiempo su hospitalidad y su excelente cocina.

Inmediatamente después continué el viaje hacia Venecia. Me quedé encantado con aquella ciudad sobre el agua, sostenida por miles de postes. Permanecí muchos días observando el flujo y reflujo de las mareas, tomando notas y estudiando el movimiento infinito de la laguna.

Fue entonces cuando se me ocurrió una idea extraordinaria: construiría un barco capaz de navegar bajo el agua, de modo que haga posible desplazarse a escondidas por el fondo marino. Y si la tripulación del submarino quisiera estirar las piernas, diseñaría dispositivos para respirar en inmersión. No era difícil, solo había que construir un tanque de aire para ponerlo sobre los hombros y proteger la cara con gafas y una máscara de cuero...

Emocionado, me encerré en mis habitaciones para estudiar ese nuevo e increíble proyecto, sabiendo que Zoroastro podría construir el submarino en unos días. ¡Quién sabe qué cara pondrían los venecianos al verme emerger como por arte de magia del fondo de un canal!

Pero al cabo del rato me di cuenta de una cosa: ese invento no solo se usaría para buenos fines, sino principalmente como un instrumento de destrucción. A mis hombres submarinos los entrenarían para hundir barcos enemigos, y las bajas serían innumerables.

Yo era un inventor, no un asesino. Entonces tomé los planos y los escondí en un baúl. Era mejor que el hombre no descubriera esos secretos, o por lo menos todavía no.

Ese fracaso me hizo comprender que era hora de regresar a Florencia. Y nada más llegar a la ciudad lo primero que hice fue buscar un lugar donde vivir.

—Si te parece bien, puedo echarte una mano —se ofreció mi amigo Filippino Lippi—. Unos frailes me han pedido que pinte un altar con la imagen de santa Ana, pero ya tengo mucho que hacer y podría cederte el trabajo a ti.

Le di las gracias de todo corazón, y me presenté ante los frailes, que me recibieron encantados y se ofrecieron a alojarnos a mí y a mis ayudantes.

Por desgracia, algunos pintores celosos fueron a ver a esos buenos monjes para ponerlos en guardia. «Estáis cometiendo un error —les advirtieron—. Leonardo nunca termina lo que empieza, se aprovechará de vuestra hospitalidad durante años y desaparecerá en cuanto pueda».

De hecho, eso era exactamente lo que tenía pensado hacer. Pero cuando los frailes amenazaron con echarme, me puse manos a la obra y en poco tiempo tenía listo un gran dibujo que representaba a una espléndida santa Ana, tan hermosa que venía gente de toda Florencia para admirarla. Como ya sabéis, una cosa era completar el cartón preparatorio y otra terminar el altar propiamente dicho. Pero mientras tanto los frailes se quedarían tranquilos una temporada.

Aproveché la oportunidad para emprender una nueva empresa: un tal Francesco del Giocondo, que era un mercader muy rico e importante, me pidió que hiciera un retrato de Monna Lisa, su mujer. La Gioconda era una mujer de gran belleza y tenía algo en su rostro que me encantaba, una especie de melancolía que contrastaba con su espléndida sonrisa.

Se me metió en la cabeza captar esa expresión misteriosa, pero hacerlo no resultó nada fácil, y el tiempo pasaba sin que me diera cuenta y sin que el cuadro llegara al final. En cierto momento le pedí disculpas a ser Francesco y le pedí que me dejara quedarme con el cuadro para poder reflexionar más sobre él y completarlo con calma. Sentía que en aquella Mona Lisa había algo esquivo, especial, y me juré descubrir qué. Pero conseguirlo, y terminar el cuadro, me llevó muchos más años.

Mientras tanto, ¡tenía otros proyectos de los que ocuparme! Por ejemplo, había encontrado una manera de envolver el baptisterio de Florencia con muchos cables y levantarlo entero gracias a ciertas máquinas de mi invención. De esta ma-

nera podrían construirse unas espléndidas escaleras bajo el edificio y luego volver a poner todo en su sitio como si nada hubiera pasado.

Y también había inventado un método para desviar el río Arno, obteniendo un doble resultado: por un lado, podríamos dejar sin agua a nuestros enemigos históricos de Pisa, y, por otro, regalaría a Florencia una magnífica cascada y llevaría agua a todos los edificios de la ciudad.

Por desgracia, los florentinos no entendieron mis ideas y, es más, creían que estaba un poco loco.

—¡Levantar el baptisterio entero! —dijeron—. La verdad es que ese Leonardo tiene la cabeza en las nubes.

Yo intentaba enseñarles mis cálculos y proyectos, pero se iban sin escucharme siquiera.

Durante cierto tiempo el gobierno valoró mi idea de desviar el curso del Arno, pero luego se decidió que la empresa era demasiado difícil y costosa y me obligaron a abandonarla. ¡Peor para ellos!

Capítulo 6

El gran desafío

«El pintor que pinta sin pensar es como un espejo, que refleja las cosas sin comprenderlas». En cambio, si quieres captar el alma de las personas, tienes que estudiar durante mucho tiempo. Hay que considerar la perspectiva y la anatomía, incluso la mecánica y las matemáticas.

—Eres un pintor, Leonardo —me decían todos—, deja los cálculos a los profesores... ¡y pinta!

Yo movía la cabeza y los dejaba hablar, pero sabía que tarde o temprano les demostraría que estaban equivocados.

Mientras tanto, en Florencia, una nueva generación de artistas estaba ganando protagonismo. Por ejemplo, el joven Rafael de Urbino y un tal Miguel Ángel que era toscano como yo, un chicarrón que siempre estaba triste y tenía muy mal carácter.

Hacía tiempo que llevaba observando un hermoso trozo de mármol abandonado y estaba pensando en sacar de ahí una estatua. Tan pronto como se enteró, Miguel Ángel hizo todo lo posible para arrebatarme ese mármol delante de mis narices y se puso a trabajar con él para esculpir un enorme David.

Miguel Ángel tardó tres años en terminarla, pero en cuanto vi el resultado comprendí que aquella escultura era verdaderamente una obra maestra. Y cuando los florentinos me pidieron consejo sobre dónde situar la obra, propuse colocarla debajo de la Logia de la Signoria, porque era un lugar prestigioso pero sobre todo cubierto, y el delicado mármol de la estatua no correría el riesgo de estropearse a la intemperie.

En lugar de agradecérmelo, Miguel Ángel pensó que en la Logia no estaría lo suficientemente a la vista y que yo quería impedirle alcanzar el éxito que merecía, por lo que se enfureció y exigió que la estatua se colocara en el centro de la plaza.

Luego ocurrió otro episodio que acabó definitivamen-

te con las relaciones entre nosotros. Una tarde estaba comentando unos versos de Dante con un grupo de amigos y en ese momento pasó por ahí Miguel Ángel, que era un gran experto en poesía.

Para permitirle que se luciera, les dije a mis amigos:

—Ahí está Miguel Ángel, él resolverá la cuestión.

Pero ese tonto pensó que estaba tomándole el pelo, y respondió ácidamente:

—¿Qué te pasa, Leonardo, de verdad te cuesta tanto terminar las cosas? ¡Tengo entendido que llevas años trabajando en un caballo de bronce y nunca has conseguido completarlo!

Se refería, evidentemente, al monumento a Ludovico el Moro que tanto esfuerzo me había costado. Y desde ese momento perdí toda simpatía por ese joven prepotente.

Al poco tiempo, toda Florencia hablaba de la hostilidad entre Leonardo y Miguel Ángel, el anciano maestro y el joven escultor en el candelero.

Fue entonces cuando a Pier Soderini, abanderado de la ciudad, se le ocurrió una brillante idea. Soderini estaba cruzando el salón del Consejo, donde se reunía el gobierno de la ciudad, cuando se detuvo a mirar las paredes de la habitación, que estaban blancas y vacías y un poco tristes.

—Está decidido —exclamó entonces—. Le pediré a Leonardo que pinte una pared... ¡y a Miguel Ángel que se encargue de la otra!

De esta manera todos podrían comparar nuestras obras, colocadas una al lado de la otra en la misma sala. Era un ver-

dadero desafío, y confieso que no me importaba darle una lección a aquel joven fanfarrón de Miguel Ángel.

Así pues, decidí que mi fresco representaría la batalla de Anghiari, en la que los soldados florentinos habían derrotado a las tropas de Milán. Ya tenía en la cabeza una escena prodigiosa con caballos al galope, lanzas y espadas, cuerpos moviéndose en la furia del choque. ¡Crearía una obra maestra como nunca se había visto!

Pero una vez más me encontré ante el problema habitual, es decir, que tenía que realizar un fresco, y los frescos se pintan rápidamente, mientras que yo necesitaba tiempo.

Después de haber revisado muchos libros en busca de una solución, me topé con una técnica que ya utilizaban los antiguos romanos y que parecía ser la adecuada para mí. La técnica se llamaba «encausto»: se trataba de preparar una pasta particular para extenderla sobre la pared, y luego cada día, después de trabajar tranquilamente, bastaría con encender un gran fuego delante de la obra para secar la pintura. ¡Magnífico!

—Pero después del desastre de *La última cena,* esta vez haremos las cosas bien —le confié a Zoroastro.

Así que una noche nos colamos en secreto en la Sala del Consejo y allí empecé a pintar una figura de prueba en un rincón, encendí el fuego y seguí todas las instrucciones. Al día siguiente fui a comprobarlo, al día siguiente volví a comprobarlo y, en resumen, esperé lo suficiente para estar seguro de que el nuevo método funcionaba.

Solo cuando estuve seguro del resultado me puse manos a la obra.

Como ya ha quedado claro, al pintar mis obras maestras no es raro que cometa algunos errores, o me canse y deje el trabajo a medio hacer. Pero esta vez lo que estaba en juego delante de ese presuntuoso Miguel Ángel y de toda la ciudad era mi honor, y estaba más que decidido a superarme.

Dedico toda mi atención a la *Batalla de Anghiari*. Hice decenas de dibujos preparatorios, estudié la anatomía de guerreros y caballos, analicé las perspectivas.

En mi fresco, la lucha entre los hombres iba a ser tan majestuosa como un huracán, un torbellino de energía y furia.

Empecé a pintar la pared con la técnica del encausto, y todas las noches mis ayudantes y yo encendíamos un gran fuego y esperábamos a que se secara la pintura.

Todo iba bien… hasta que empecé a trabajar en la parte superior del cuadro, tan alto que necesitaba un andamio para llegar hasta allí.

Ese día pinté un buen trozo de fresco justo cerca del techo, y por la noche, cuando encendimos el fuego, vi con horror que las llamas no llegaban a calentar la parte más alta de la pared, y que por eso la pintura fresca estaba empezando a gotear.

—¡El calor no es suficiente! —grité preocupado—. ¡Traed más leña! ¡Más leña!

Zoroastro se apresuró a avivar el fuego, una y otra vez, y ordené a los sirvientes que acercaran la hoguera hacia la pared.

—Pero, maestro —dijo uno de ellos—, ¡corremos el riesgo de incendiar todo el palacio!

No me importaba, solo tenía ojos para mi precioso fresco que corría peligro de echarse a perder. ¿Eran de verdad gotas esas que veía en las paredes?

—¡El calor todavía no es suficiente, necesitamos más fuego! ¡Mucho más! —ordené.

Pero ya era demasiado tarde. La pintura goteaba del techo, ensuciando toda la pared con

manchas. Y, por si fuera poco, la enorme hoguera chamuscaba la parte inferior del fresco, creando burbujas y grietas horribles de ver.

—Maestro, ¿qué hacemos? —preguntaron mis ayudantes.

La verdad es que no lo sabía. Por primera vez en mi vida, no sabía lo que hacer.

Capítulo 7

El vuelo

«No se debe desear lo imposible». Y quizá esta vez, por el contrario, yo había apuntado demasiado alto, había sido demasiado atrevido.

No me resultó difícil imaginar lo que iba a pasar. El abanderado Soderini vendría a pedirme que empezara desde el principio, borrara el fresco estropeado y comenzara el trabajo de nuevo. Pero yo sabía que nunca tendría fuerzas para regresar a esa sala y enfrentarme a semejante desastre. Entonces pensé en alejarme de Florencia y refugiarme en el campo durante una temporada. Como siempre, mis amigos se vinieron conmigo, y entre ellos estaba también el fiel Zoroastro, que había preparado los colores para la *Batalla de*

Anghiari y, por lo tanto, entendía mi desánimo mejor que nadie.

—Oh, Leonardo —me dijo—, esta vez te ha ido mal, pero aún te esperan muchos éxitos. ¡No debes desanimarte!

Noté que tenía varios pergaminos bajo el brazo y reconocí inmediatamente esos dibujos: eran mis estudios sobre el vuelo de los pájaros.

Desde que era pequeño, en efecto, siempre me habían fascinado las aves rapaces que volaban altas en el cielo de Vinci. Cuando fui mayor, estudié sus movimientos durante mucho tiempo, tratando de entender cómo se mantenían en el aire y cuál era el secreto de sus alas.

Con el paso del tiempo había compartido los resultados de mis investigaciones con Zoroastro, y juntos habíamos soñado muchas veces con construir una máquina que permitiera al hombre abandonar la tierra y volar.

—No se debe desear lo imposible —le recordé ahora.

—Pero no se trata de algo imposible —replicó—. Tú mismo me has explicado que el vuelo es algo científico. Tus estudios demuestran que algún día el hombre volará, así que podemos conseguirlo.

El entusiasmo de Zoroastro me contagió y empecé a diseñar varias máquinas para elevarse en el aire. Inventé un casquete de tela con forma de pirámide, parecido a un paraguas, que permitía lanzarse desde una torre y planear hasta el suelo sin problemas.

Pero no me interesaba caer lentamente, ¡lo que yo quería era volar! Luego diseñé el tornillo aéreo, una especie de hélice que, al girar, te permitía elevarte hacia el cielo. Y luego me puse a estudiar unas alas propiamente dichas, que se agitaban como las de los pájaros y permitían volar a grandes distancias.

Sin embargo, todos esos modelos eran demasiado complicados de construir. Después de mucha reflexión, decidí probar algo más sencillo. Un ala fija de madera y lona, que se sujetaba en los hombros del piloto. Con eso encima, el hombre podía cabalgar sobre los vientos. Podría volar.

Zoroastro se encargó de construir la maquinaria, que tenía forma de ala de murciélago y estaba muy bien hecha.

Sin embargo, en el último momento me eché atrás.

—Volar es un arte complejo —murmuré—. Es necesario estudiar bien las corrientes de aire, calcular los pesos y las fuerzas. Además, ya somos unos viejos, volar parece peligroso...

—Ya no te reconozco, Leonardo —exclamó Zoroastro—. Has de tener más confianza en tus capacidades. ¡Y también en mi habilidad como mecánico!

Estaba tan seguro que se ofreció a probar él mismo la extraordinaria máquina.

—Date cuenta —dijo—. ¡Seré el primer hombre en volar!

Así que con un pequeño grupo de amigos nos refugiamos en el monte Ceceri, cerca de Florencia, para realizar el primer gran vuelo.

Yo mismo volví a comprobar cada nudo y cada encaje de la máquina, luego mi amigo se puso el aparato, echó a correr y se arrojó por un acantilado.

El ala mordió el aire y se elevó hacia el cielo, y mi alma saltó con ella y mis ojos se llenaron de lágrimas. ¡Volaba! ¡Estaba volando de verdad!

Pero duró solo un instante.

Una ráfaga de viento desequilibró el aparato y el ala se rompió justo en el centro; las cuerdas se fueron soltando

una tras otra. Zoroastro cayó sobre el prado en una maraña de extremidades y madera astillada.

—¿Estás bien? —preguntamos, corriendo en su ayuda.

Por desgracia mi querido amigo se había hecho mucho daño y gemía desgarradoramente, tanto es así que un joven cargó con él en su caballo y partió a todo galope hacia Florencia, donde podrían prestarle los primeros auxilios.

Al quedarme solo, mientras regresaba desconsolado a casa por un sendero campestre, me encontré con dos

mercaderes en un carro. Cuando los adelanté, uno de ellos se volvió hacia el otro y le susurró en voz baja:

—¿Sabes quién es ese viejo?

—No —respondió su compañero.

—Pues es Leonardo da Vinci —dijo el primero—. Sabe desviar los ríos y construir estatuas que se mueven solas, diseña las más poderosas máquinas de guerra y carruajes que circulan sin caballos. Además, ha pintado cuadros maravillosos. En definitiva, dicen que es el mayor genio de todos los tiempos. ¡El mayor genio!

Me volví y sonreí, y mi sonrisa les causó una gran impresión, porque se llevaron la mano a sus sombreros con respeto. No entendieron que les estaba tomando el pelo. ¿Pero cómo, un genio yo? ¿Yo, que tenía ya el pelo blanco y el rostro lleno de arrugas y en mi vida no había cometido más que errores? Mis cuadernos estaban llenos de proyectos que nunca llegaría a construir y de sueños que no podía realizar. Y había dejado tras de mí una larga estela de cuadros incom-

pletos, frescos a medio terminar y bocetos interrumpidos. Había estudiado, pensado e inventado, pero eso solo me había ayudado a comprender lo tonto que era todavía, en realidad.

Sin embargo, decidí que no me importaba. Genio o no, habría seguido adelante, a mi manera, ejercitando mi curiosidad sobre todo lo que pasara ante mis ojos. Seguiría buscando, haciendo preguntas, investigando. Llenaría cuadernos y dibujaría bocetos. No dejaría de pensar, de meter la pata ni de cometer errores. Lo intentaría y volvería a intentarlo. Hasta el último de mis días.

«Porque el destino nos ofrece todo lo que queramos, y el único precio que nos pide es nuestro trabajo».

Leonardo da Vinci hoy

Leonardo nació cerca de Florencia el 15 de abril de 1452 y murió en Francia el 2 de mayo de 1519. Si vais a Vinci podréis visitar la que probablemente sea su casa natal, así como el museo en el centro del pueblo.

El bautismo de Cristo de Verrocchio se encuentra hoy en los Uffizi, y el ángel de Leonardo aparece a la izquierda del cuadro. En cambio, es una leyenda que el genio pintara un monstruo en un redondel hecho de madera de higuera.

Además de sus pinturas, Leonardo nos ha dejado numerosos códices, es decir, recopilaciones de notas. Sus aventuras imaginarias en Babilonia están recogidas en el *Códice Atlántico*, que se conserva en la Biblioteca Ambrosiana de Milán. Si sentís curiosidad podéis leer ese código, y todos los demás, en Internet.

La dama del armiño se encuentra en el castillo de Wawel en Polonia.

La última cena, en cambio, está donde siempre ha estado, concretamente en el convento de Santa Maria delle Grazie en Milán. Una larga restauración lo devolvió a sus orígenes y hoy puede admirarse el fresco en toda su belleza.

La Mona Lisa se encuentra en el Louvre de París.

Por último, en el monte Ceceri hay una placa que conmemora el primer vuelo de la humanidad. Y no importa si tal vez sea solo una leyenda: Leonardo nos enseña que, en el fondo, hacer realidad los sueños no tiene tanta importancia. Lo que cuenta es la capacidad de soñar.

Índice

Leonardo da Vinci